Le cirque infernal

Adapté par N.B. Grace
Inspiré de la série d'animation créée par
Dan Povenmire et Jeff « Swampy » Marsh

Presses Aventure, une division de
LES PUBLICATIONS MODUS VIVENDI INC.
55, rue Jean-Talon Ouest, 2e étage
Montréal (Québec) H2R 2W8
CANADA

Publié pour la première fois en 2009 par Disney Press
sous le titre *Phineas and Ferb Big Top Bonanza*

Traduit de l'anglais par Germaine Adolphe

Dépôt légal – Bibliothèque et Archives nationales du Québec, 2011
Dépôt légal – Bibliothèque et Archives Canada, 2011

ISBN 978-2-89660-301-5

Nous reconnaissons l'aide financière du gouvernement du Canada par l'entremise du Fonds du livre du Canada pour nos activités d'édition.

Gouvernement du Québec – Programme de crédit d'impôt pour l'édition de livres – Gestion SODEC

Imprimé au Canada

Première partie

Chapitre 1

C'était un beau matin d'été. Phinéas Flynn et son demi-frère, Ferb Fletcher, prenaient leur petit-déjeuner dans la cuisine, en compagnie de leurs amis Django, Buford et Isabella. Tout le monde était très excité à l'idée d'aller au cirque.

Leur copain Baljeet les rejoignit.

– On va aller au cirque ! On va aller au cirque ! chantait-il. Me voilà !

Je suis prêt à assister au spectacle du Cirque de lune !

– Assieds-toi, lui dit Phinéas. On y va dans une minute.

– D'accord, répondit Baljeet, avant de se remettre aussitôt à chanter : On va aller au cirque ! On va aller au cirque !

M. Fletcher entra à son tour dans la cuisine, en tenant un journal. Ferb et son père venaient d'Angleterre. Puisque M. Fletcher avait épousé la mère de Phinéas, les garçons étaient des demi-frères, mais jamais ils ne s'étaient vus comme tels. Dès leur première rencontre, ils

étaient devenus les meilleurs amis du monde.

– Ne vous emballez pas trop vite, prévint M. Fletcher en montrant un article du journal. Il est écrit que l'artiste principal du Cirque de lune a une grosse allergie; du coup, la représentation est annulée.

– Oh, c'est vraiment dommage, fit Isabella tristement.

La mère de Phinéas, Mme Flynn-Fletcher, apparut avec sa tasse de café.

– S'il est aussi allergique que Candice aux panais, dit-elle, oh là là ! Je comprends qu'il ne veuille pas se montrer en public.

Candice Flynn était la sœur ainée de Phinéas et de Ferb.

– Son visage se couvre de plaques rouges… et sa voix se transforme, expliqua Phinéas à Isabella. C'est affreux.

Mme Flynn-Fletcher se tourna vers son mari

et lui dit joyeusement :

– Eh bien, chéri, te voilà libre pour m'accompagner au centre commercial. Aujourd'hui, notre trio enregistre son tout premier album en public : *Au coin des tricoteuses.*

La mère de Phinéas jouait du clavier dans un groupe de jazz avec deux de ses amies. Elles avaient répété durant des semaines et le grand jour était enfin venu.

– Bonne idée ! approuva M. Fletcher.

Mme Flynn-Fletcher serra Phinéas et Ferb, et regarda les gamins autour de la table.

– Allons, les enfants, je suis sûre que vous passerez quand même une excellente journée. À plus tard ! leur lança-t-elle en quittant la pièce au bras de M. Fletcher.

Les six amis échangèrent un regard, un peu peinés de voir leur plan tomber à l'eau.

– Ça doit être génial de faire partie d'un cirque, dit Isabella rêveusement.

Phinéas, qui partageait cet avis, eut aussitôt une idée.

– Hé, Ferb ! On va construire notre propre cirque ! Ce sera géant ! Tu monteras le chapiteau et je serai *Monsieur Loyal*...

Phinéas souriait de toutes ses dents. Une fois de plus, il avait trouvé un projet extraordinaire.

– Je pourrai coudre des costumes originaux, proposa Isabella

– Mon numéro consistera à mettre ma jambe derrière ma tête, expliqua Django.

Joignant le geste à la parole, il tenta de passer sa jambe derrière son cou et perdit l'équilibre – *boum* ! Sa chaise et lui tombèrent à la renverse.

– Oooh ! s'exclama-t-il. Il va falloir que je m'entraîne.

– Même Perry sera dans le spectacle. *L'Incroyable Perry* ! annonça Phinéas à la manière d'un maître de cérémonie.

Perry, l'ornithorynque domestique de Phinéas et de Ferb, regarda autour de lui, surpris. Savourant tranquillement son petit-déjeuner servi dans un bol sur le plancher, il ne s'attendait pas à ce que Phinéas le présente comme un trapéziste ou un funambule – du moins, pas si tôt dans la matinée.

– Ooh ! J'ai un tour de magie époustouflant, dit Baljeet. C'est stupéfiant !

Il joignit ses mains, puis il les sépara en rentrant un pouce dans sa paume; on aurait dit qu'il avait perdu un doigt.

Même Buford, qui jouait d'habitude au dur à cuire, était amusé par le tour de Baljeet.

– Moi aussi je connais un numéro qui va cartonner, affirma-t-il fièrement.

Phinéas avait hâte de mettre son projet en route.

– Ferb, prépare les outils ! cria-t-il.

– C'est parti ! confirma Isabella.
– Ouais ! dit Django.
– Wouh-ouh ! fit Baljeet.

Dans sa chambre à l'étage, Candice venait de se réveiller. Elle s'étira en bâillant. Elle regarda ensuite la photo encadrée posée sur l'oreiller à côté d'elle. C'était celle de Jérémy Johnson, le garçon qu'elle aimait.

– Bonjour Jérémy ! dit-elle à la photographie.

Faisant semblant d'être Jérémy, elle répondit d'une voix grave :

– Bonjour, beauté !

Puis, elle se mit à rire bêtement en murmurant :

– Ooh, Jérémy !

Elle attrapa une photo encadrée d'elle et la colla sur celle de Jérémy en faisant des bisous sonores. Soudain, un gros bourdonnement se fit entendre.

– Je reviens tout de suite, Jérémy.

Elle sortit du lit et se dirigea vers la fenêtre.

– Qu'est-ce que c'est que ce cirque ?

Un énorme chapiteau rose et mauve s'élevait justement dans le jardin.

– Un cirque ! Ils ne peuvent pas me laisser tranquille une journée ?

C'était du Phinéas et Ferb tout craché. Ils faisaient toujours des trucs déjantés, comme participer à une course automobile ou construire des montagnes russes.

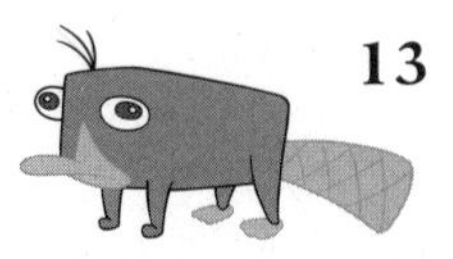

Ce qui énervait le plus Candice, c'était que ses frères arrivaient toujours à se tirer d'affaire. Leurs parents ne voyaient jamais rien, comme ce serait encore le cas aujourd'hui.

Chapitre 2

À l'intérieur du chapiteau, Ferb terminait l'installation des gradins, tandis que chacun des enfants répétait un numéro. Phinéas s'était transformé en Monsieur Loyal, avec un haut-de-forme, un pantalon orange et une veste bleu vif ornée de galons dorés. Ferb, déguisé en bouffon, portait un bonnet vert à clochettes, un habit vert et mauve, et un maquillage de clown.

Phinéas félicita Ferb pour son bon travail, puis il regarda autour de lui et demanda :

– Au fait, il est où Perry ? Je lui ai mis son costume.

Perry l'ornithorynque n'aimait pas du tout sa tenue de scène, qui consistait en un haut fait de deux coques de noix de coco, une jupe à froufrou et un masque noir. Quatre plumes vertes étaient attachées à sa tête.

Même s'il avait son costume sur le dos, Perry n'avait pas l'intention d'attendre sagement que le spectacle commence. En réalité, il était plus qu'un simple ornithorynque; il était un

agent secret engagé par une organisation secrète pour combattre un ennemi secret. Tout était si secret que personne ne connaissait sa véritable identité. Même Phinéas et Ferb pensaient qu'il n'était qu'un animal domestique.

Perry sortit de la tente et trotta vers le fond du jardin. Il s'arrêta lorsqu'un ascenseur en verre surgit de la pelouse. Il y entra, appuya sur un bouton et la cabine s'enfonça rapidement dans un tunnel qui menait à sa cachette.

Un moment plus tard, l'agent secret s'assit en face d'un grand moniteur. Son supérieur, le major Monogram, apparut sur l'écran.

Le major à la grosse moustache blanche portait un uniforme de militaire. Il avait son air sérieux habituel, mais en voyant Perry vêtu

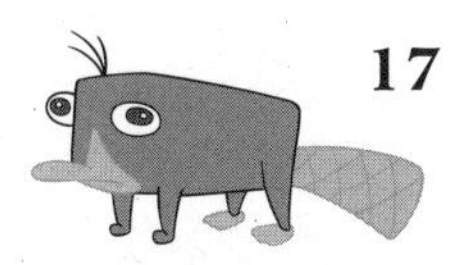

de son accoutrement de cirque, il pouffa de rire. Il réussit toutefois à se contrôler et dit :

– Bonjour, agent P. Le docteur Doofenshmirtz a acheté un équipement biomécanique et il prend des cours de diction.

Puis, il se remit à rire encore plus fort.

– Nous… nous ne savons pas pourquoi.

Vexé, Perry se leva d'un bond et se dirigea vers la porte.

– Où allez-vous, agent P ? demanda le major. Non… attendez… ne partez pas ! Je ne me moquais pas de vous. On m'a raconté une

blague ce matin et je... je...

Perry s'arrêta, sans se retourner. Le major devrait trouver une meilleure excuse pour le retenir.

– S'il vous plaît, agent P, regardez-moi qu'on termine cette réunion.

Perry hésita. Il était choqué, mais son ennemi juré, le docteur Doofenshmirtz, s'apprêtait à faire un mauvais coup. Le sort du monde importait plus que ses sentiments, décida-t-il.

Il se retourna donc vers l'écran. Au même moment, le major le prit en photo avec un téléphone cellulaire et se mit à rire de plus belle.

– Carl, donnez-moi votre adresse électronique, cria le major; je vous envoie une photo hilarante.

Dégoûté, Perry sortit de la salle. Major Monogram gloussait toujours.

Au chapiteau, Buford se préparait à accomplir sa propre mission : son numéro de cirque. Il poussait un chariot rempli d'équipement vers l'entrée de la tente, où se tenait Phinéas.

– Et voilà le matos pour mon numéro, dit Buford.

Phinéas jeta un coup d'œil dans le chariot qui contenait des planches de bois et un gros ressort métallique.

– Buford, en quoi consiste ton numéro exactement ? demanda-t-il.

– Je vais faire un vol plané dans la boue, avec un sac de papier sur la tête.

Buford montra un diagramme tracé à la main illustrant une catapulte faite de planches et d'un ressort. On y voyait aussi un immense tas de boue.

Phinéas cligna les yeux. Se faire catapulter dans un bac de boue n'était pas l'idée la plus lumineuse de l'année, mais bon, elle venait de Buford.

– D'accord, dit simplement Phinéas qui n'avait pas envie de discuter.

– Le public va adooorer, affirma Buford en poussant son chariot dans la tente.

Entre-temps, Candice s'était habillée. Elle marchait vers le chapiteau qui semblait encore plus grand vu de près.

– Je ne vais pas appeler maman, murmura-t-elle; je me retiens de téléphoner.

Elle entendit alors un barrissement à l'intérieur de la tente. Un cri d'éléphant ? Et si l'animal s'échappait dans la nature ? Sur son passage, il écraserait les platebandes et les tricycles des petits enfants ! Cette fois, Phinéas et Ferb étaient allés trop loin.

Candice sortit son téléphone cellulaire et appela sa mère.

– Candice chérie, je ne peux pas te parler, répondit Mme Flynn-Fletcher. On enregistre. C'est une question de vie ou de mort ?

Candice regarda le chapiteau. L'éléphant, s'il y en avait un, ne s'était pas échappé – pas *encore.*

– Heu… quand même pas, mais…

– Je dois te laisser, l'interrompit sa mère, à plus tard !

Candice grogna, frustrée. Sur les entrefaites, Jérémy arriva avec un panier de légumes.

– Salut, Candice.
– Oh, salut Jérémy.
– Ma mère a cueilli ces légumes pour ta famille.

Tu te souviens qu'elle est avec ta mère pour enregistrer leur disque de jazz ?

Candice tenta de trouver quelque chose de spirituel à dire. Elle voulait impressionner Jérémy, mais son cerveau était vide. Elle le remercia donc simplement avec un grand sourire.

Jérémy admira la tente.

– C'est un cirque ? Super... super. On va bien s'amuser.

Candice se frotta le nez; il commençait à la démanger, mais elle ne s'en soucia pas. Elle profitait béatement de la présence de Jérémy; il lui parlait et il respirait le même air qu'elle.

Le visage de Jérémy, avec ses cheveux blonds et ses yeux bleus, se découpait sur un ciel d'été magnifique. Candice pouvait imaginer un chant mélodieux en fond sonore. Lorsque Jérémy se retourna, elle crut l'entendre dire : « Bonjour beauté ! »

– Oh ! fit-elle en riant.

Jérémy la ramena à la réalité.

– Dis-moi, demanda-t-il.

– ... Quoi ?

– Si on s'asseyait l'un à côté de l'autre sous le chapiteau ? Enfin, si tu veux bien...

Candice n'en croyait pas ses oreilles. Jérémy désirait s'asseoir à côté d'*elle*. C'était comme s'il lui demandait de sortir avec lui.

– Oui, oui ! répondit-elle, avant de se mettre à tousser.

– Candice, est-ce que tu te sens bien ?

Candice s'écroula subitement, le visage couvert de plaques rouges.

Elle regarda le panier de légumes dans ses bras. Une pensée horrible traversa son esprit.

– Dis-moi qu'il n'y a pas de panais sauvages là-dedans.

– Heu, en fait, c'en est plein...

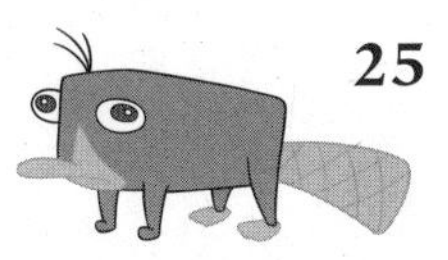

Évidemment, pensa Candice – les panais sauvages auxquels elle était totalement allergique. Elle se releva, laissant le panier par terre.

– À plus tard, dit-elle en toussant.

Candice s'éloigna rapidement. Elle devait trouver un remède – et vite – avant le début du spectacle.

Chapitre 3

L'agent P se dirigeait vers le repaire du docteur Doofenshmirtz, dont il était déterminé à découvrir le dernier plan diabolique.

Au siège social de la Doofenshmirtz maléfique anonyme, le savant écoutait une cassette intitulée *Parler dur*. La voix enregistrée était celle d'un homme qui semblait chercher la bagarre.

– Parfaitement ! Je danse avec ta femme, dit la voix en colère; ça te pose un problème ?

Après avoir écouté attentivement, Dr D. répéta la phrase.

– Parfaitement... commença-t-il d'une voix aiguë.

Il se racla la gorge et continua :

– Je danse avec ta femme; ça te pose un problème ?

Cette fois, il avait l'air fâché. Il sourit, satisfait, et dit :

– Oui, ça fait dur à cuire !

La voix enregistrée poursuivit :

– Ouais, j'ai mangé ta dernière nectarine; ça te pose un problème ?

– Ouais, j'ai mangé... répéta Dr D. avec conviction.

Au même moment, Perry défonça le plafond et atterrit devant le savant. L'agent secret volait à l'aide d'un propulseur à hélice portatif; il avait enlevé son costume de cirque et portait maintenant son chapeau de feutre mou.

La poussière se déposa autour de Dr D qui aussitôt se mit à tousser.

– Perry l'ornithorynque ! s'exclama-t-il. Pourrais-tu entrer par la porte la prochaine fois, pour me faire plaisir ?

Perry jeta un coup d'œil vers la porte où se trouvait une grande cage en fer. Comme si l'agent P allait tomber aussi facilement dans le panneau ! pensa-t-il.

Le savant réalisa qu'il venait de parler sur un ton de mauviette.

Il se racla alors la gorge et dit d'une voix menaçante :

– Ouais, j'ai mangé ta dernière nectarine; ça te pose un problème ?

Confus, Perry dévisagea son ennemi.

– Je suis un vrai dur, affirma Dr D. en hochant la tête; et attends de voir la suite.

Le savant saisit une télécommande et appuya sur un gros bouton rouge. Un filet tomba du plafond, se referma sur Perry et le retint prisonnier dans les airs.

– Tu vois, depuis que je suis enfant, j'ai une horrible voix criarde, expliqua Dr D. Mais mon cauchemar sera bientôt terminé, grâce à ma dernière invention : le Voixinator ! annonça-t-il en dévoilant une énorme machine. C'est biomécanique et cela transforme l'air normal en *Doof-hélium,* ce qui permet d'entendre la voix des autres plus aiguë que la mienne, par comparaison. Au début, je voulais rendre ma voix plus grave, mais c'était trop compliqué.

Le savant grimpa sur son Voixinator et démarra le moteur. La machine s'éleva vers le trou dans le plafond.

Le Voixinator sortit du siège social de la Doofenshmirtz maléfique anonyme en arrachant des morceaux du toit.

Toujours emprisonné dans le filet, Perry regardait le savant démoniaque s'envoler dans sa dernière invention. Sa mission était maintenant bien définie : empêcher Dr Doofenshmirtz d'utiliser le Voixinator sur le monde.

Dans sa chambre, Candice essayait elle aussi d'empêcher un désastre. Elle s'assit à sa coiffeuse et se regarda dans le miroir. Son visage était gonflé et couvert de plaques rouges.

– Évidemment, il fallait que ce soit des panais sauvages, ronchonna-t-elle.

Elle fouilla désespérément son tiroir à la recherche de médicaments antiallergiques et finit par les trouver.

– Vite, vite, avant que je prenne une voix de stentor !

Elle ouvrit le flacon de pilules et le secoua; il était vide.

– Non ! cria-t-elle d'une voix étrangement rauque.

De toute évidence, c'était déjà trop tard.

C'est alors qu'elle entendit une voix de fille qui disait :

– Salut, Jérémy ! Tu t'assois près de moi au cirque ?

Candice se précipita à la fenêtre. Sur le trottoir, elle vit Mindy, une élève de son école, qui parlait à Jérémy.

– Non, non ! Mindy ne peut pas s'asseoir à côté de Jérémy ! grogna Candice d'une voix grave. Il faut que je voie maman.

Apercevant son reflet dans la vitre, elle mit ses mains sur son visage plaqué de tâches rouges.

– Je ne peux pas sortir comme ça !

En balayant la chambre du regard, elle vit un sac de papier sur le plancher. Elle eut une idée...

Quelques minutes plus tard, Candice sortit de chez elle furtivement. Elle avait enfilé le sac de papier sur sa tête pour cacher son visage. Elle repéra Mindy et Jérémy, et tenta de les croiser sans qu'ils la remarquent.

– Alors, Jérémy, tu t'assois près de moi au cirque ? redemanda Mindy.

Candice changea d'idée. Elle fonça sur Mindy et la poussa sur le côté.

– Excusez-moi, grommela-t-elle.

– Pas de problème, mon pote, dit Jérémy.

Candice n'en revenait pas. Jérémy l'avait prise pour un gars portant un sac de papier sur la tête. Elle s'éloigna en courant.

Après son départ, Jérémy se tourna vers Mindy.

– Je te remercie, dit-il poliment, mais j'ai promis à Candice.

Pendant ce temps, Perry était toujours prisonnier dans le labo de Dr Doofenshmirtz. Suspendu dans le filet, il ôta son chapeau de feutre qui cachait une mini-scie mécanique. Il tira sur une corde pour démarrer l'outil et s'en servit pour couper le filet. Il sauta par terre, libre.

Quelques instants plus tard, il reprit son propulseur à hélice pour rentrer chez lui.

Alors qu'il volait au-dessus du jardin des Flynn-Fletcher, Perry entendit la voix de Phinéas s'élever d'un haut-parleur.

– Nous allons bientôt accueillir Ferb et *l'Incroyable Perry* !

Perry soupira. Le diabolique Dr Doofenshmirtz avait l'intention de rendre la voix des habitants du monde entier aussi criarde que la sienne. Perry avait le devoir de l'en empêcher, mais il avait également une obligation envers ses maîtres, Phinéas et Ferb.

L'agent P sortit son haut de noix de coco et se dirigea vers le jardin.

À l'intérieur du chapiteau, les gradins remplis de spectateurs entouraient trois pistes. Dans celle du centre, Baljeet faisait son tour de magie. Phinéas rejoignit Ferb dans les coulisses.

– Hé, Ferb. C'est à vous maintenant; il est où Perry ?

Phinéas regarda autour de lui et vit Perry arriver en trottant.

– Ah, ben te voilà, Perry ! s'écria-t-il.

Baljeet poursuivait son numéro.

– Et pour finir mon tour, dit-il au public, je vais rattacher mon pouce. Il est détaché, un bout de chaque côté, et voilà, il est recollé !

En un geste rapide, Baljeet créa l'illusion d'avoir effectivement rattaché son pouce. Il leva les bras triomphalement. Ferb fit un roulement de tambour, tandis que les spectateurs criaient « bravo ».

– Applaudissez très fort le *Stupéfiant Baljeet* ! encouragea Phinéas au micro. Et maintenant, préparez-vous à être époustouflés par l'incroyable créature semi-aquatique Perry, que Ferb va faire sauter à travers ce cerceau pour qu'il atterrisse dans cette piscine.

Le faisceau du projecteur éclaira la piste du centre. Debout sur une plate-forme, Ferb tenait Perry dans ses mains. Devant eux se trouvaient un trampoline, un cerceau, puis une petite piscine.

Ferb n'hésita pas une seconde; il savait que son animal domestique pouvait faire la cascade sans problème. Il tendit les bras et laissa Perry

tomber. L'ornithorynque rebondit sur le trampoline, sauta à travers le cerceau et atterrit dans la piscine presque sans éclaboussures.

– Ooh ! Aah ! s'exclama la foule.

– Bravo ! *L'Incroyable Perry* mérite bien une tempête d'applaudissements ! cria Phinéas.

Une fois son numéro accompli, Perry pouvait enfin retourner à son vrai travail : combattre le crime. Il s'éclipsa du chapiteau. Son propulseur à hélice l'attendait, toujours en marche. Il attrapa les poignées et s'éleva dans les airs. Le moment était venu d'arrêter Dr Doofenshmirtz.

Chapitre 4

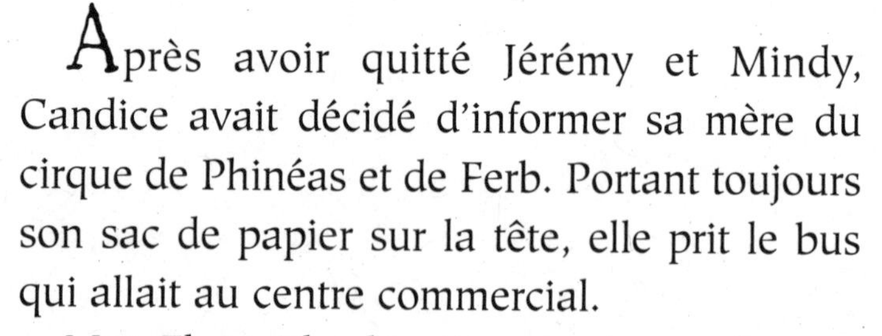

Après avoir quitté Jérémy et Mindy, Candice avait décidé d'informer sa mère du cirque de Phinéas et de Ferb. Portant toujours son sac de papier sur la tête, elle prit le bus qui allait au centre commercial.

Mme Flynn-Fletcher et son groupe de jazz étaient au Coin des tricoteuses lorsque Candice les trouva.

– Psst ! Maman ! murmura-t-elle d'une voix rauque.

Mme Flynn-Fletcher reconnut la voix de sa fille sans même se retourner.

– Candice, aurais-tu encore mis ton nez dans les panais allergisants ?

Candice leva les yeux au ciel. Elle avait presque oublié son histoire d'allergie après avoir vu ce que ses petits frères trafiquaient dans le jardin.

– Oui, mais tu devrais venir voir ce que Phinéas et Ferb sont en train de faire !

– Qu'y a-t-il encore ? demanda sa mère en appuyant sur des touches de son clavier.

Se rendant compte que la musique intéressait davantage sa mère que les bêtises de ses frères, Candice commença à chanter. À cause de son allergie, sa voix ressemblait à un grognement.

Elle chanta les mauvais coups passés de ses frères, dont la construction de montagnes russes et d'une plage dans le jardin. Elle raconta la fois où ils avaient bâti un robot en forme de maison dans les arbres de quinze mètres de haut.

Jamais leurs parents ne les avaient punis, car tout disparaissait comme par enchantement.

L'une des amies de Mme Flynn-Fletcher, Mme Garcia-Shapiro, jouait de la basse. Impressionnée par la performance de Candice, elle lui cria :

– Vas-y, Candice, dis-nous ce que tu as sur le cœur !

Candice ne se fit pas prier. Elle attrapa un micro et effaça les mots écrits sur le tableau accroché au mur qu'elle remplaça par : MONSTRES

Le spectacle plut à Mme Flynn-Fletcher. Elle brancha sa guitare électrique et joua des accords de blues pour accompagner sa fille qui continua à chanter.

Installé dans le local où se donnait le cours de tricot, M. Fletcher ajusta le niveau sonore de l'enregistrement. De leur côté, les tricoteuses hochaient la tête au rythme de la musique sans sauter une maille.

Candice chanta un autre couplet sur ses frères. Les tricoteuses répétèrent le refrain en chœur, puis elles levèrent leur ouvrage. Elles avaient tricoté les lettres MONSTRES pour aller avec la chanson.

C'est à genoux que Candice chanta les dernières paroles.

Aussitôt, les tricoteuses l'acclamèrent en faisant tournoyer des balles de laine rouge.

Un peu essoufflée, la jeune fille se tourna vers sa mère.

– Alors, maman, tu rentres avec moi ?

– Tu veux rire ! répondit Mme Flynn-Fletcher en souriant. Reste, on en fait une autre !

Candice grogna.

Grâce à son propulseur à hélice, Perry rejoignit le Voixinator dans le ciel. Il atterrit sur le pont, en face de Dr Doofenshmirtz.

– Perry l'ornithorynque ! s'écria le savant. Tu arrives trop tard !

Perry vit un gros interrupteur positionné sur « Marche » et s'en approcha.

– Bas les pattes ! l'avertit Dr D. en lui donnant une tape.

L'agent P n'allait pas se laisser décourager aussi facilement. Il s'approcha de nouveau de l'interrupteur.

– Non, pas touche à ça ! cria Dr D. en lui donnant une autre tape.

Pendant quelques minutes, Perry tenta de fermer l'interrupteur, se faisant taper sur la patte à chaque fois par Dr Doofenshmirtz.

– Arrête, arrête ! Arrête, je t'ai dit ! répéta D^r^ D.

Finalement, le savant couvrit l'interrupteur de ses mains.

Perry s'y attendait. Il se mit à chatouiller Dr Doofenshmirtz qui se tortilla de rire.

– Arrête, stop ! Pas de guiliguili !

Perry le chatouilla de plus belle. Le savant riait si fort qu'il relâcha presque sa prise sur l'interrupteur. Perry retendit sa patte.

– J'ai dit « pas touche » ! hurla Dr D.

Perry se jeta sur l'interrupteur. C'était sa seule chance.

Pendant ce temps, Phinéas et Ferb regardaient un numéro de leur cirque. Une demi-douzaine de filles, formant une pyramide humaine, faisaient tourner des anneaux autour de leurs bras. Phinéas sourit. Jusqu'à présent, tous les numéros avaient été parfaits.

Buford se préparait à entrer en scène.

– Ça y est, mon costume est prêt, dit-il à Phinéas. Je suis le *Super sac volant*.

– D'accord. Mais à propos de ton numéro, j'ai une petite suggestion à te faire.

Ferb tendit un diagramme. Il ressemblait à celui que Buford avait dessiné, mais en beaucoup plus compliqué.

Voyant l'air déconcerté de Buford, Phinéas expliqua :

– Tu pourrais modifier ta rotation pour inverser l'angle de ta trajectoire.

– Mais je retombe toujours dans la boue ? demanda Buford en fronçant les sourcils.

– Oui, pas de soucis, le rassura Phinéas.

– Parce que je tiens à la boue, insista Buford pour mettre les choses bien au clair.

Phinéas et Ferb hochèrent la tête; ils s'en doutaient bien.

Un peu plus tard, Django terminait son numéro. À force d'essayer de passer ses jambes derrière sa tête, il avait fini par s'emmêler les bras.

Phinéas retourna sur la piste centrale.

– Merci, *Django, le Bretzel humain* ! cria-t-il.

On mit le pauvre garçon dans une brouette pour le sortir de la piste.

– Aïe, ça doit faire mal, dit Phinéas. Et maintenant, le prochain artiste va s'élever vers la voûte céleste avant de plonger dans les entrailles

boueuses d'un monstre aztèque !

Les spectateurs se redressèrent sur les gradins. C'était bon signe.

À cet instant, Candice déboula dans la tente. Elle jeta un coup d'œil dans la foule et vit Jérémy assis à côté d'une place vide. Elle faillit s'évanouir.

– Jérémy ! Jérémy ! Jérémy ! s'écria-t-elle joyeusement; il a gardé ma place à côté de lui.

En cherchant Buford du regard, Phinéas vit Candice avec son sac de papier sur la tête et la prit pour son ami.

– Applaudissez bien fort le *Super sac volant* ! cria-t-il en poussant sa sœur vers la catapulte.

Candice était si surprise qu'elle resta sans voix.

Buford courut vers la piste. Il avait hâte d'atterrir dans l'immense baignoire de boue. Il cria : « Ta-dah ! » Mais quelqu'un était déjà attaché à la catapulte.

– Hé ! protesta Buford.

Candice tenta de convaincre ses frères qu'elle n'était pas Buford. Toutefois, sa voix était devenue si grave qu'aucun d'eux ne la crut. Elle se débattit pour se libérer de la catapulte. Elle ne savait pas vraiment à quoi servait l'engin, mais connaissant ses frères, ce ne pouvait être que mauvais.

– Lâchez-moi ! cria-t-elle.

– Mais ce type est en train de voler mon numéro ! hurla Buford.

La catapulte et la boue étaient son idée. Il fonça vers la piste.

Trop tard. Phinéas et Ferb actionnèrent le levier. Le bras de la catapulte projeta Candice dans les airs – et hors du chapiteau !

Bouche bée, les spectateurs regardèrent le trou dans le toit du chapiteau. Ferb siffla d'étonnement.

– Hum... il pèse moins lourd que je pensais, constata Phinéas.

De son côté, Buford était déterminé à finir son numéro. Tant pis pour la première partie; ce serait quand même son heure de gloire. Il courut vers la baignoire de boue et y sauta à pieds joints.

– Coucou tout le monde ! Je suis là, cria-t-il en agitant la main.

Le projecteur l'éclaira et le public l'acclama immédiatement.

– Comment il a réussi à faire ça ? demanda Phinéas, perplexe.

– Buford est parfois surprenant, admit Ferb.

Songeurs, les frères observèrent Buford un instant avant de le sortir de la boue.

Pendant ce temps, sur le Voixinator, Perry et Dr Doofenshmirtz se battaient toujours. Ils se donnaient des coups à tour de rôle, chacun essayant de mettre la main sur l'interrupteur. Finalement, le savant s'écrasa sur le dispositif. *CRAC* !

– Oooh ! s'exclama Dr D. en voyant le levier brisé. Il a cassé ma machine !

Ni Perry ni Dr Doofenshmirtz ne s'étaient rendu compte qu'au moment où l'interrupteur avait été touché un tuyau s'était détaché du Voixinator. Le tuyau qui pendait dans les airs descendit dans le chapiteau de Phinéas et Ferb par le trou dans le toit. L'instant d'après, l'invention du savant diabolique transforma l'air ambiant en *Doof-hélium*.

À l'intérieur de la tente, les spectateurs ne se doutaient pas qu'ils respiraient du *Doof-hélium*, du moins, pas avant qu'ils commencent à parler.

– Attention, mesdames et messieurs, annonça Phinéas d'une voix haut perchée, pour notre grande finale, nous vous offrons un numéro exceptionnel avec *l'Incroyable Perry* !

Dans le ciel, Perry entendit son nom par les haut-parleurs. Il s'empara aussitôt de son propulseur à hélice pour descendre dans le chapiteau.

Tous les artistes formaient une échelle humaine. Buford, le plus grand et le plus fort de tous, se trouvait en bas. Il portait deux garçons sur ses épaules et des filles se tenaient sur les épaules des garçons. La tour d'enfants s'élevait ainsi jusqu'en haut du chapiteau.

Phinéas et Ferb grimpèrent au sommet de l'échelle humaine, où ils s'assirent sur un trapèze près du croissant de lune de Perry.

C'était une finale spectaculaire, mais le meilleur restait à venir. La tente continua à s'emplir de *Doof-hélium* jusqu'à ce qu'elle devienne un ballon sur le point d'exploser. Les côtés de la tente tiraient sur les piquets qui les retenaient au sol.

Les piquets finirent par s'arracher. La tente s'éleva dans le ciel, laissant la piste, le public et les artistes au sol.

La tente s'envola et entra en collision avec le Voixinator.

Sur la piste de cirque, Phinéas, Ferb et Perry regardèrent le Voixinator tomber du ciel. Les spectateurs sifflèrent et applaudirent.

On entendit au loin la voix de Dr Doofenshmirtz hurler : « Sois maudit, Perry l'ornithorynque ! » Elle semblait encore plus criarde que d'habitude.

Perry haussa les épaules. Le chapiteau avait détruit le Voixinator. Le monde était de nouveau en sécurité – du moins, jusqu'au prochain plan diabolique de Dr D.

Chapitre 5

La foule quitta le jardin des Flynn-Fletcher, en échangeant des commentaires positifs sur le spectacle et son incroyable finale.
– Wouh ! fit un gamin, merci Phinéas !
– C'était géant ! ajouta un autre garçon.
– Super cool !
– T'es le meilleur !
– Du jamais vu !
Isabella sourit en hochant la tête.

– Phinéas a été génial, dit-elle, comme d'habitude.

Après le départ du public, Phinéas et Ferb démontèrent la piste. Ferb poussa ensuite un levier pour faire descendre les gradins dans la terre.

Au même moment, leurs parents rentraient en voiture. Ils virent un jardin... parfaitement normal.

– Salut, les garçons ! lança Mme Flynn-Fletcher.

– Maman, papa, vous avez raté notre cirque ! dit Phinéas en agitant la main.

Mme Flynn-Fletcher regarda Perry qui portait encore son costume de scène et répondit :

– Je suis sûre que vous vous êtes bien amusés.

Perry fit son petit clappement caractéristique, l'air mécontent.

Mme Flynn-Fletcher montra un disque.

– Qui veut écouter mon CD ? demanda-t-elle.

– Oh, nous ! répondit Phinéas avec enthousiasme.
– Que le concert commence ! dit M. Fletcher.
– Cool ! s'exclama Ferb.

Plus tard ce jour-là, le jardin était vide lorsque Candice rentra à quatre pattes chez elle. Après avoir été catapultée, elle avait atterri très loin de sa maison. Elle avait maintenant des écorchures sur tout le corps et des vêtements en lambeaux. Les plaques rouges avaient toutefois disparu de son visage et sa voix n'était plus un grognement rauque. L'allergie était partie.

– Heureusement que ma voix est redevenue normale, dit-elle en soupirant.

Une ombre la couvrit. Elle leva les yeux et vit Jérémy debout à côté d'elle. Il tenait un CD.

– Salut, Candice ! Ma mère m'a prêté le CD de son groupe. Quand tu chantes, c'est géant ! Mais comment fais-tu pour avoir une voix pareille ?

Candice sourit en haussant les épaules.

– Oh, comme tous les grands chanteurs de blues – panais sauvages.

Jérémy semblait confus, mais Candice n'avait pas la force de lui expliquer. Elle sourit et rentra chez elle. Elle le ferait peut-être un jour où il n'y aurait pas de cirque dans le jardin et où elle ne jouerait pas à la catapulte humaine.

Deuxième partie

Chapitre 1

Le soleil venait de se lever. À exactement 6 h 59, Phinéas et Ferb se redressèrent dans leur lit. C'était l'été et ils n'allaient certainement pas gaspiller leur temps à dormir.

Le réveille-matin afficha 7 h et se mit à sonner bruyamment. Phinéas se pencha vers l'appareil et l'arrêta victorieusement.

– J'ai encore été le plus rapide, dit-il en riant. Salut, Ferb ! Tu te sens prêt à construire le chemin de fer le plus sûr et le plus rapide qu'on ait vu dans le jardin ?

En réponse, Ferb mit une casquette de conducteur de locomotive et souleva sa couverture pour montrer qu'il était déjà en tenue de travail.

– Super ! cria Phinéas.

Les garçons sortirent de leur chambre et glissèrent l'un après l'autre sur la rampe de l'escalier.

– Tu t'occupes de la chaudière et moi des freins, dit Phinéas.

Ils coururent dans le jardin et croisèrent Perry, leur ornithorynque domestique; au passage, Ferb coiffa l'animal de sa casquette de conducteur.

– Perry sera la mascotte de la gare, décida Phinéas.

Perry fit une série de clappements de langue. Il serait leur mascotte tant qu'il n'aurait pas de choses plus importantes à faire.

En général, une belle journée d'été remplissait Phinéas d'énergie. Dès son réveil, des tonnes d'idées de projets se bousculaient dans sa tête. Ce matin, toutefois, les choses semblaient quelque peu différentes.

– Dis donc, il fait vraiment beau aujourd'hui, souligna Phinéas. On dirait même que les animaux de la nature nous disent tous en même temps…

Il s'arrêta pour écouter et regarder. Il vit un écureuil soupirer et s'étendre paresseusement sur une branche d'arbre.

Dans le jardin, un oiseau se prélassait sur une branche, avec un gros ver de terre affalé sur son ventre. L'oiseau et le ver semblaient avoir tous deux oublié qu'un ver se faisait normalement manger par un oiseau.

Une araignée dans sa toile avait l'air calme et paisible, et les mouches qu'elle avait capturées

paraissaient détendues. Les bestioles qui rampaient sur la pelouse poussaient elles aussi des soupirs de contentement.

Phinéas eut le sentiment que le monde entier prenait une journée de congé. Comprenant le message, il dit à Ferb :

– Chaque jour, on fait quelque chose de monumental, mais sais-tu ce qu'on n'a jamais fait ?

Ferb fit « non » de la tête.

– Se détendre, dit Phinéas. C'est une journée idéale pour profiter du soleil et ne rien faire du tout.

Dans sa chambre, Candice, la sœur de Phinéas et de Ferb, planifiait elle aussi sa journée. Elle parlait au téléphone avec Stacy, sa meilleure amie.

– Salut, Stacy… Oui ! Oui ! Je suis prête à aller voir Jérémy et son groupe au concert du Festival d'été.

Candice regarda le programme. Le chanteur du groupe, Jérémy, était un garçon qu'elle aimait… beaucoup.

– Aujourd'hui, ça va être du délire ! prédit-elle.

Elle raccrocha et regarda son réveil. Il était 9 h et tout était tranquille. Elle renifla l'air avec méfiance. Puis, elle lécha son index et le leva pour vérifier la direction du vent.

– Bon, qu'est-ce qu'il se passe, dit-elle. Il est déjà neuf heures et il n'y a aucune construction

en vue, aucun camion de livraison, aucun…

Elle jeta un coup d'œil par la fenêtre. Phinéas et Ferb étaient debout dans le jardin, l'air innocent.

– Hein ? Ils restent là, figés comme des statues…

Des statues ? Bien sûr ! Candice imagina sans peine ses frères en train d'installer des statues à leur image avant de filer en douce.

Phinéas avait probablement dit : « Excellente idée, Ferb ! On plante des statues de nous pour que Candice croie qu'on ne fait rien. Et pendant qu'elle surveille les statues, nous, on fait autre chose ! » Puis, il aurait lâché un rire malveillant.

Candice chassa les images de son esprit et revint à la réalité. Elle savait par expérience que rien n'arrêtait Phinéas et Ferb. Elle était convaincue qu'ils mijotaient un autre de leurs plans monstrueux.

– Oh non, pas aujourd'hui, jura-t-elle.

Elle était déterminée à prendre ses frères la main dans le sac.

Dans le jardin, Mme Flynn-Fletcher marchait vers Phinéas et Ferb.

– Bonjour, les garçons, dit-elle gaiement. Qu'est-ce que vous faites ?

– Aujourd'hui, on ne fait rien, répondit Phinéas.

– Je me rends au Festival d'été pour installer mon stand de thé. À plus tard !

– Au revoir, maman.

Phinéas regarda autour de lui et demanda à Ferb :

– Au fait, il est où Perry ?

Perry avait quitté le jardin. Il savait qu'il ne pouvait se permettre de passer une journée sans rien faire. Après tout, il n'était pas qu'un simple ornithorynque domestique. Il était l'agent P, un agent secret rusé et habile.

Il se dirigea donc vers une poubelle qui dissimulait l'entrée d'un passage secret. Il s'assura que personne ne le regardait, puis il mit son chapeau de feutre mou, ouvrit une porte sur le côté de la poubelle et sauta à l'intérieur.

Un toboggan le mena directement dans la salle de contrôle de son quartier général. Il atterrit dans sa chaise devant un grand écran vidéo, sur lequel il s'at-

tendait à voir son supérieur, le major Monogram, prêt à l'informer de sa prochaine mission.

Aujourd'hui, l'écran montrait le major dansant avec un groupe de personnes sur une piste éclairée par une boule disco. Il portait une chemise à fleurs et semblait avoir beaucoup de plaisir.

Major Monogram aperçut Perry qui fixait l'écran d'un air étonné.

– Ah, bonjour agent P, dit le major un peu gêné. Carl, gros plan s'il vous plaît.

Aussitôt, le visage du major remplit l'écran. La musique s'arrêta.

– Bon, euh, en deux mots... arrêtez Doofenshmirtz ! dit-il sérieusement, puis il ajouta en riant : Musique, Carl !

La musique reprit et major Monogram se remit à danser.

Une fois de plus, Perry devait déjouer les plans maléfiques du savant. Le major ne lui avait pas donné beaucoup d'indices, mais une chose était certaine : si Doofenshmirtz était impliqué, le monde était en grave danger.

Chapitre 2

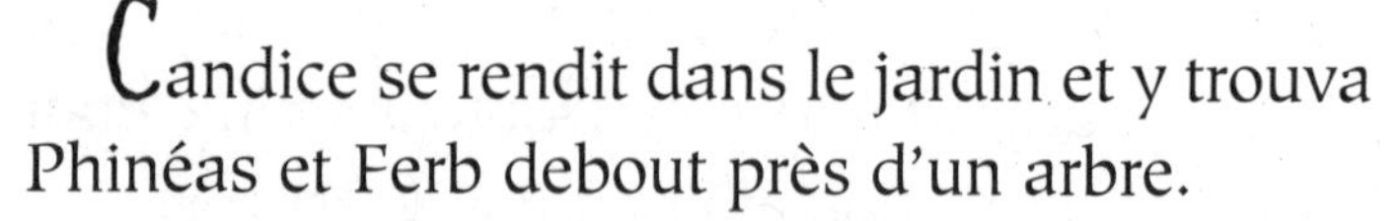

Candice se rendit dans le jardin et y trouva Phinéas et Ferb debout près d'un arbre.

– Salut Candice, dit Phinéas gentiment.

– Je ne suis pas venue vous saluer, répondit-elle sèchement. Aujourd'hui, c'est un moment capital dans ma vie. Je vous explique. Jérémy et son groupe jouent ce soir au Festival d'été. Jérémy va me remarquer dans la foule. Non seulement parce que j'ai une place au premier rang, mais aussi parce que je vais être une

groupie en délire, comme ça : Ouh ! Ouais ! Bébé ! Oh, ouais ! J'adore ! cria-t-elle en se trémoussant et en agitant les bras.

Elle cessa de gesticuler, se tourna vers ses frères et poursuivit :

– On continuera à sortir ensemble à la fac, on se mariera et on aura deux enfants, Xavier et Amanda.

Candice rêvassa quelques secondes, avant de revenir sur terre.

– Alors, ne vous avisez pas de gâcher mes projets d'avenir ! menaça-t-elle.

– Pas de problème, la rassura Phinéas, aujourd'hui, on a prévu de ne rien faire.

– Alors, n'essayez pas... tu as dit *rien* ?

– Rien, confirma Phinéas en secouant la tête.

– Rien ? redemanda Candice avec incrédulité.

– Rien.

– Se tenir debout, ce n'est pas rien, fit-elle remarquer.

Sans un mot, Phinéas et Ferb se laissèrent tomber à la renverse et restèrent couchés sur l'herbe, à regarder le ciel.

Candice devait admettre que ses frères n'avaient pas l'air de faire grand-chose. Évidemment, il n'était même pas encore midi.

– Hum... vous ne tiendrez pas longtemps, lâcha-t-elle. Et lorsque vous aurez fini de rien faire pour faire une bêtise, je vous coincerai !

Candice rentra dans la maison et observa Phinéas et Ferb par une fenêtre. Ils ne bougeaient pas, mais elle n'était pas dupe.

– Regardez-les comploter contre moi, marmonna-t-elle.

Elle sortit son téléphone cellulaire et composa un numéro.

Au même moment, Mme Flynn-Fletcher se tenait à son stand au Festival d'été. Elle était entourée de piles de couvre-théières faits à la main. Chacun pouvait envelopper parfaitement une théière pour en conserver la chaleur. La mère de Candice en avait déjà vendu plusieurs et s'attendait à avoir une journée bien occupée quand son téléphone sonna.

– Allô ? répondit-elle.

– Maman, se plaignit Candice, Phinéas et Ferb ne font rien aujourd'hui ! Rien du tout; ils font ça pour gâcher ma journée !

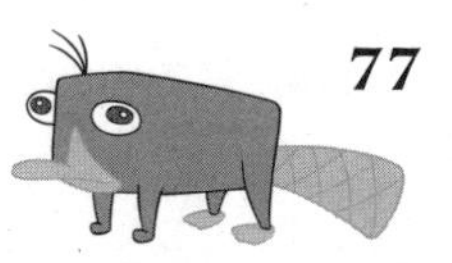

Mme Flynn-Fletcher soupira et dit :

– Chérie, détends-toi et laisse tes frères apprécier leur journée à ne rien faire.

Candice hésita. Un peu de repos lui ferait effectivement du bien. Espionner ses frères pour les prendre la main dans le sac la vidait de son énergie.

Phinéas et Ferb pouvaient-ils vraiment rester sans rien faire ?

Elle décida de prendre le risque.

– Tu as raison, maman, dit-elle. Je vais essayer de me détendre jusqu'à ce que Tracy vienne me prendre pour le concert.

– Excellente idée. À plus tard.

Candice raccrocha et pensa tout haut :

– S'ils projettent vraiment de ne rien faire, j'ai enfin un peu de temps pour m'occuper de moi-même. Voyons, quand j'ai une seconde, qu'est-ce que je fais d'habitude ? Ah oui !

Elle ouvrit son téléphone cellulaire.

– J'appelle Stacy et je lui dis que je vais bientôt coincer Phinéas et Ferb pour...

Elle interrompit sa phrase et referma l'appareil.

– C'est vrai, je ne peux rien lui dire puisqu'ils ne font rien aujourd'hui. Ah, j'ai une idée !

Elle courut chercher une caméra vidéo et la plaça devant la fenêtre qui donnait sur le jardin.

– Je vais installer cette caméra bien dans l'axe, comme ça, lorsque Phinéas et Ferb vont...

Elle se souvint alors que si ses frères projetaient de ne rien faire, elle ne pourrait pas les filmer en train de faire une bêtise. Elle grogna de frustration et fit une autre tentative.

– Et quand Phinéas et Ferb vont...

Elle ne termina pas sa phrase. Elle grommela et se rendit dans sa chambre en traînant des pieds. Debout devant son miroir, elle appliqua soigneusement du rouge sur ses lèvres.

– En tout cas, je dois être super belle quand je vais les coincer pour…

Pour rien. Elle n'avait absolument rien à leur reprocher.

– Regarde la réalité en face ! T'es incapable de te concentrer sur quoi que ce soit tant que tu ne les auras pas coincés. Mais, s'ils ne font rien… alors, qui est Candice ? gémit-elle.

Dans le jardin, Phinéas et Ferb n'avaient pas bougé.

Étendu sur la pelouse, Phinéas soupirait de bonheur en admirant le ciel ensoleillé. Un morceau de papier voila soudain le soleil. Candice tenait un plan de construction devant le visage de son frère.

– Dis donc, Phinéas, dit-elle avec entrain, tu ne trouves pas que c'est une journée idéale pour réaliser une construction farfelue ?

– Désolé, Candice, mais on poursuit notre expérience de la journée sans création. Si tu veux, mets ton plan dans la boîte à idées. On verra ça demain.

Candice fronça les sourcils et chiffonna le papier. Elle sortit un autre diagramme et l'agita devant les yeux de Phinéas.

– Et un sous-marin pour voyager dans le temps ? demanda-t-elle d'une voix cajoleuse. Excitant, hein ?

– Tu viens d'arracher une page de notre manuel de projets.

Candice baissa les yeux sur la couverture du livre qu'elle tenait et lut : *Manuel de projets de Phinéas et Ferb*. Elle rougit et cacha rapidement le livre derrière son dos.

Ses tentatives de remettre Phinéas et Ferb en mode action ayant échoué, Candice rentra dans la maison. Elle s'assit sur le canapé du salon et alluma la télévision. Comment pourrait-

elle pousser ses frères à construire quelque chose ?

La publicité qui passait à cet instant lui donna la réponse. La voix de l'annonceur demandait :

– Es-tu un garçon qui ne fait rien de spécial aujourd'hui avec son frère ? Aimes-tu l'aventure ?

– Ouais ! cria une bande de gamins.

– Alors nous avons ce qu'il te faut ! enchaîna l'annonceur : l'Incroyable dinosaure mangeur d'hommes, toboggan aquatique de l'enfer ! Eh oui, les enfants, l'Incroyable dinosaure mangeur d'hommes, toboggan aquatique de l'enfer, peut être livré chez vous en quelques minutes.

Sur l'écran, on voyait un camion s'arrêter devant une maison et des livreurs décharger des boîtes.

– En plus, il est si facile à construire que même un enfant de cinq ans peut le faire ! garantit l'annonceur.

– Je l'ai monté tout seul ! affirma un petit garçon.
– Appelle tout de suite !

Candice n'avait pas besoin de se le faire dire deux fois. Elle avait déjà sorti son téléphone.

Chapitre 3

Un peu plus tard, un livreur déchargea une montagne de caisses dans le jardin des Flynn-Fletcher. Lorsqu'il eut fini, il présenta le bon de livraison à Candice pour qu'elle le signe.

– Dites-moi, vous n'êtes pas un peu trop grande pour ce genre de jeux ? demanda-t-il en haussant les sourcils.

– Euh, oui… c'est vrai, je le suis, reconnut Candice.

Après le départ du camion, elle ouvrit les boîtes.

– Bon, je vais commencer à construire; et comme ce sont des garçons, ils vont vouloir me montrer comment faire. Alors, j'appellerai maman pour les coincer !

Toute contente d'elle, Candice vida les boîtes.

Pendant ce temps, Perry poursuivait Dr Doofenshmirtz. Il savait que Dr D. préparait un mauvais coup – mais quoi ? Le savant était un fou, mais un fou génial. Il avait construit son propre empire, la compagnie Doofenshmirtz maléfique anonyme, dont les bureaux se trouvaient au dernier étage d'une tour portant son logo. Perry trouva donc Dr D. sans aucun mal.

L'agent secret ouvrit la porte d'un coup de patte et entra dans le laboratoire.

Dr Doofenshmirtz leva les yeux de sa dernière invention. Il ne semblait pas dérangé par la venue de Perry. En fait, il paraissait même content.
– Oh, bonjour Perry l'ornithorynque, dit-il avec un sourire satisfait. Tu tombes à pic pour inaugurer ma nouvelle trouvaille.
Il se retourna brusquement et pointa une machine d'allure bizarre vers Perry.
– Mon Ralentinator, cria-t-il en appuyant sur un bouton.

Zip ! Un rayon de la machine frappa Perry. L'agent P tenta de courir vers le savant, mais il ne put qu'avancer au ralenti.

Dr Doofenshmirtz regarda l'ornithorynque courir à la vitesse d'un escargot, puis il posa sa main sur la tête de Perry. Il s'appuya sur l'agent secret comme pour se reposer.
– De cette façon, tu es trop lent pour déjouer mon plan diabolique et je n'ai plus à me soucier de ta capture, expliqua le savant. Un problème de moins. Bon, revenons à nos moutons.

Même au ralenti, Perry était déterminé à accomplir sa mission. Il continuait à courir pendant que Dr Doofenshmirtz parlait.

– Je ne sais pas si tu l'as remarqué, mais je n'ai pas un physique... hum... comment diraient les jeunes aujourd'hui ? Ah, oui... très cool. Mon médecin dit que c'est génétique, mais je ne blâme pas mes parents. Je blâme tous les gens du secteur des Trois-États qui sont plus beaux que moi ! C'est pourquoi j'ai inventé le Mochetinator !

Il sortit un instrument plus imposant que le Ralentinator. Il était vert vif et surmonté

d'un dôme en plastique. À l'intérieur du dôme se trouvait un crapaud qui lâcha un petit coassement triste.

– Il va transférer la mocheté de ce crapaud sur le sujet visé, expliqua Dr D. tandis que le crapaud lui lançait un regard furibond. Je vais te faire une démonstration sur un bel acteur… Vance Ward !

Dr Doofenshmirtz tira sur une corde pour lever un drap qui cachait un homme attaché à une planche. Vêtu d'un élégant costume, le prisonnier avait une épaisse chevelure blonde et bouclée, des yeux bleus pétillants et des dents parfaites.

Vance Ward souriait comme s'il était sur une scène dont on venait de lever le rideau.

– Salut ! Je suis Vance Ward, dit-il gaiement.

– Si mon Mochetinator arrive à te rendre moche, il rendra moche n'importe quoi. Es-tu prêt, Vance ? demanda Dr D.

– Oui, je crois… mais je n'ai pas vu le scénario. Quelle est ma motivation dans cette scène ?

– Motivation ? répéta le savant en souriant. Oh, tu vas comprendre dans une seconde.

Dr Doofenshmirtz visa Vance et appuya sur la détente. Le bel acteur se transforma immédiatement en un homme difforme, à l'air bizarre, portant un maillot de corps et un pantalon trop large.

Le savant éclata de rire.

– Et maintenant, tout le quartier des Trois-États va y goûter, cria-t-il. Oh, et Perry l'ornithorynque, tu n'as pas encore vu le meilleur côté de mon plan diabolique.

Quelques instants plus tard, Dr Doofenshmirtz avait embarqué Perry et Vance sur une grande plate-forme attachée à un énorme ballon. Le toit de la tour s'ouvrit et ils s'élevèrent dans le ciel. Sur la plate-forme, il y avait un fauteuil inclinable et une télévision.

– Je vais pouvoir enlaidir tout le quartier dans le confort de mon propre salon, avec mon écran extra-plat et mon fauteuil inclinable, se vanta Dr D.

Perry tenta de courir vers Dr Doofenshmirtz, mais il était toujours au ralenti.

Le savant diabolique s'installa dans son fauteuil et mit ses mains derrière sa tête. C'était la belle vie, se dit-il. Lever le pied, se détendre et ne rien faire – sinon le mal, bien sûr !

Dans leur jardin, Phinéas et Ferb étaient toujours étendus sur la pelouse. Ils appréciaient leur journée à ne rien faire. C'était un changement de rythme rafraîchissant.

Candice passa près d'eux, les bras chargés de boîtes.

– Alors, les garçons, toujours occupés à ne rien faire ? Oh, ne faites pas attention à moi. Je transporte des cartons de matériaux pour réaliser une super construction de toboggan, dit-elle en riant. Vous savez, le genre de trucs que vous construisez d'habitude. Et c'est moi qui vais m'amuser aujourd'hui.

Elle se pencha au-dessus de Phinéas pour enfoncer un pieu dans le sol à l'aide d'un maillet.

– Oh, excuse-moi, Phinéas. J'essaie de trouver une position confortable pour enfoncer efficacement ce pieu dans le sol. Dis donc ! C'est plutôt marrant de bricoler !

– Euh, Candice ? demanda Phinéas.

– Oh, je sais ce que tu vas dire, répondit-elle. Bien sûr, tu peux prendre ma place.

– Euh, je voulais simplement te demander de faire moins de bruit.

Candice fronça les sourcils. Pourquoi Phinéas ne mordait-il pas à l'hameçon ? Heureusement, elle avait plus d'un tour dans son sac.

– Euh, d'accord. Retournons aux choses importantes dans la vie, comme s'amuser, dit-elle.

Elle saisit un marteau-piqueur et se mit à percer un trou dans une poutre.

– Vous vous souvenez de l'époque où vous preniez du bon temps ?

Phinéas et Ferb ignorèrent leur sœur.

Un moment plus tard, un camion mélangeur arriva et déversa du ciment dans le jardin.

– Vous pouvez encore le faire, dit Candice à ses frères.

Puis une grue amena le dinosaure qu'elle avait commandé dans le jardin.

– Vous n'avez qu'à vous joindre à moi ! offrit Candice.

Après un moment, Candice avait presque fini de monter l'Incroyable dinosaure mangeur d'hommes, toboggan aquatique de l'enfer. Le toboggan sortait de la bouche du dinosaure en zigzag avant de toucher le sol.

Debout au sommet du toboggan, Candice posait les derniers rivets sur la tête du dinosaure.

– Je ne veux pas me vanter, mais je m'éclate largement plus que vous deux en ce moment ! cria Candice à ses frères.

Elle était furieuse, car ils n'avaient pas embarqué dans son jeu.

Son téléphone cellulaire se mit à sonner. Il était posé près d'elle, mais elle ne l'entendit pas à cause du bruit de la riveteuse.

À bord de la plate-forme de Dr Doofenshmirtz, Perry avait l'impression d'avoir couru pendant des heures au ralenti. Finalement, il atteignit presque son but.

Le Mochetinator reposait sur la table près du fauteuil où Dr D. était assis. Perry étendit son bras pour saisir l'instrument.

Au moment où l'agent P s'apprêtait à prendre le Mochetinator, le savant s'en empara et se mit à sauter et à courir autour de la plate-forme en riant.

– Coucou, Perry l'ornithorynque ! s'écria-t-il. Viens chercher ! Oh, c'est vrai, j'ai oublié. Tu es trop lent pour m'attraper.

Dr Doofenshmirtz ne se doutait pas que Perry lui avait tendu un piège très astucieux dans lequel il était tombé à pieds joints.

Le Mochetinator était une diversion pour éloigner Dr D. du Ralentinator. Même s'il était très lent, Perry réussit à saisir le Ralentinator avant que Dr D. se rende compte de son erreur.

– Évidemment ! C'est le Ralentinator que tu voulais !

– Non, attends ! hurla Dr Doofenshmirtz.

Ne touche pas à l'inverseur !

Perry fit basculer le bouton de l'inverseur, transformant ainsi le Ralentinator en Accélérinator.

L'agent P redevint vif comme l'éclair ! Il poursuivit Dr Doofenshmirtz autour de la plate-forme.

Tout en courant, le savant tirait sur Perry avec le Mochetinator. Il le rata plusieurs fois avant de l'atteindre à la tête.

Soudain, l'agent P ne ressemblait plus à Perry l'ornithorynque. Il avait des dents tordues, un œil plus grand que l'autre et des bras bizarrement formés.

C'est alors que Dr Doofenshmirtz commit une grave erreur. Il s'arrêta pour viser et éclata de rire.

– Tu devrais te regarder dans un miroir. Tu es tellement laid ! cria-t-il.

Perry sauta en l'air et d'un coup de patte fit tomber le Mochetinator des mains du savant.

Sans hésiter, Perry ramassa l'instrument et tira sur la télévision. L'écran plat se transforma en un appareil désuet muni d'une antenne. Ensuite, il tira sur le fauteuil qui devint aussitôt une chaise de jardin en plastique.

Choqué, Dr Doofenshmirtz recula en titubant et accrocha accidentellement un levier avec son coude.

Le levier libéra une ancre qui descendit de la plate-forme. Elle se dirigea droit sur le jardin où Phinéas et Ferb se détendaient.

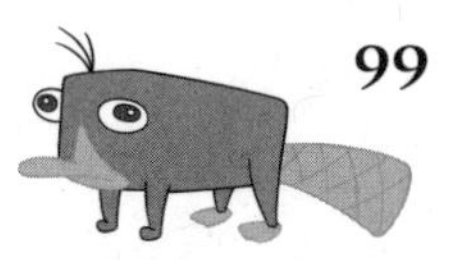

Chapitre 4

Stacy entra dans le jardin des Flynn-Fletcher, où Candice continuait à travailler et ses frères à se reposer.

– Candice, où es-tu ? cria Stacy. C'est l'heure d'y aller !

Elle leva les yeux et vit Candice en haut du toboggan aquatique, toujours en train de donner des coups de marteau. Stacy poussa un cri de surprise. Elle n'avait encore jamais vu son amie entreprendre une construction de cette envergure.

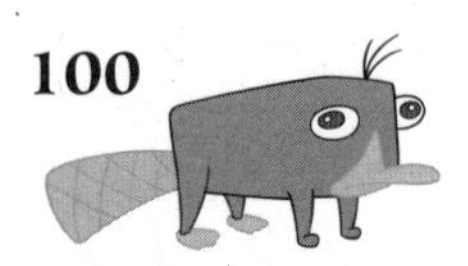

– Candice ? dit-elle, stupéfaite.

– C'est fou comme je m'amuse ! criait Candice à ses frères. Le bricolage, ça fait du bien comme une couche de cortisone sur une plaque d'urticaire !

Stacy grimpa jusqu'en haut de l'échelle pour rejoindre son amie qui, de toute évidence, ne l'avait pas entendue.

– Candice, mais qu'est-ce que tu fais ? demanda-t-elle. J'ai essayé de t'appeler tout l'après-midi.

– Tu vois bien que j'essaie de coincer mes frères ! répliqua Candice, en montrant Phinéas et Ferb toujours étendus sur l'herbe.

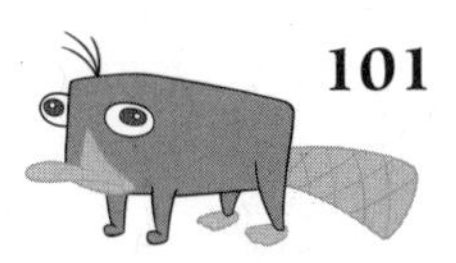

– Mais le concert va bientôt commencer ! insista Stacy en indiquant la foire au loin.

Candice resta bouche bée.

– Jérémy ! s'écria-t-elle. Ça alors ! J'ai passé tellement de temps à vouloir piéger mes frères que j'ai oublié le concert.

Juste à ce moment, l'ancre de la plate-forme du Dr Doofenshmirtz tomba dans le jardin. Elle s'accrocha dans les narines du dinosaure. En s'éloignant, le ballon qui transportait la plate-forme souleva l'Incroyable dinosaure mangeur d'hommes.

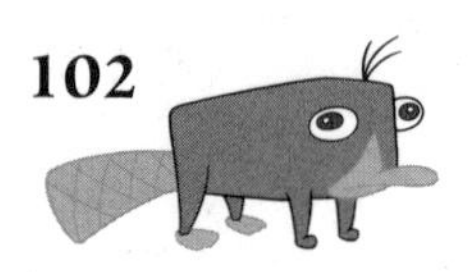

Les filles réalisèrent que le toboggan sur lequel elles étaient assises flottait dans les airs.

– Candice, qu'est-ce qui se passe ? demanda Stacy.

– Je n'en sais rien. Sur la notice, on ne dit pas que ce truc-là peut aussi s'envoler, répondit Candice.

– Aaahhh ! crièrent-elles en chœur.

Sur la scène du festival d'été, Jérémy et son groupe interprétaient déjà l'une de leurs chansons.

Jérémy chantait devant le micro sous le regard ravi du public.

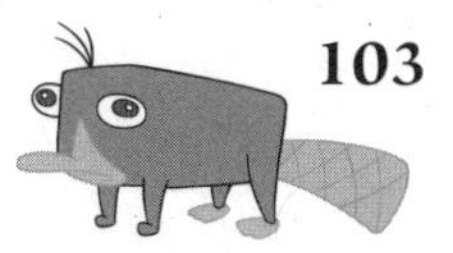

Le ballon tirant la plate-forme et le toboggan aquatique passa au-dessus d'eux. Perry et Dr Doofenshmirtz se disputaient toujours le Mochetinator. Ce faisant, ils pesèrent par mégarde sur la détente. Un rayon frappa le groupe sur scène.

L'instant d'après, Jérémy avait de longs cheveux hirsutes coiffés d'un casque cornu. Les autres membres du groupe portaient des vêtements déchirés, de couleurs sombres, et jouaient du heavy métal.

Un rayon du Mochetinator toucha également

les spectateurs, qui se transformèrent aussitôt en punks, avec des crêtes mohawks, de multiples boucles d'oreilles et des vêtements noirs.

Un moment plus tard, le câblot de l'ancre se brisa. Le toboggan dinosaure plongea vers la scène.

– Aaahhh ! hurlèrent de nouveau Candice et Stacy.

Boum ! Le toboggan s'écrasa sur la scène.

Jérémy et son groupe continuèrent à jouer.

– Qui sont ces gars ? demanda Candice. Je ne reconnais ni Jérémy ni son groupe.

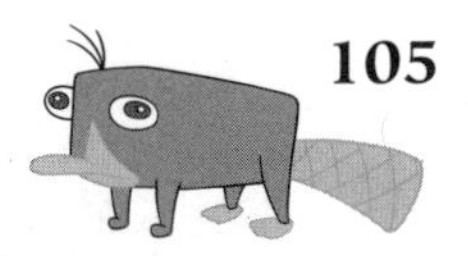

– Sûrement la première partie, répondit Stacy en haussant les épaules.

Au-dessus d'elles, Perry réussit enfin à s'emparer du Mochetinator. Il visa et le rayon atteignit Dr D. en plein visage.

– Oh, non ! s'écria le savant en se prenant la tête entre les mains. Je suis devenu une mocheté !

Il baissa ses mains et les regarda attentivement. Il s'aperçut que même s'il avait été touché par le rayon du Mochetinator, il était exactement comme avant.

– Ah, je sais, dit-il. Tu as trafiqué mon invention.

Perry ouvrit le dôme de plastique sur le dessus de l'instrument pour libérer le crapaud. Il mit ensuite une photo dans le dôme.

– Ma photo dédicacée de Vance Ward ! protesta Dr Doofenshmirtz. Ooh ! Tu viens de modifier mon Mochetinator en Beautinator !

Perry dirigea l'instrument vers Vance. *Zip* ! L'acteur redevint le bel homme d'autrefois.

– Merci ! dit Vance. Qui que tu sois… Mais détache-moi immédiatement !

L'agent P ignora l'acteur et pointa la machine sur Jérémy et son groupe heavy métal. *Zip !* Ils redevinrent les gentils garçons interprétant la jolie chanson du début du concert.

Puis, Perry tira sur le public; tout le monde retrouva sa personnalité d'avant.

Finalement, Perry fit feu sur lui-même; l'agent P était de retour.

Dr Doofenshmirtz prit un air méchant et demanda :

– Et qui va remplacer ma télé et ma chaise ?

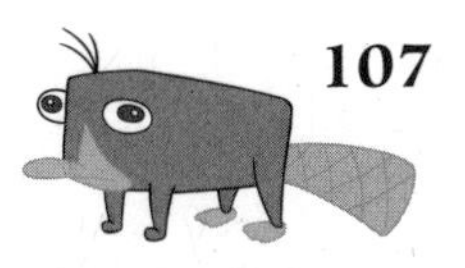

Soudain, Vance réussit à se libérer et courut vers le bord de la plate-forme.

– Je veux sortir d'ici ! hurla-t-il en se jetant dans le vide.

Perry leva les yeux au ciel; certaines personnes ne font pas la différence entre la vraie vie et le cinéma, pensa-t-il. Il sauta à son tour et réussit à attraper l'acteur au vol. Il se servit du Ralentinator pour leur permettre de descendre lentement et doucement vers la Terre.

Durant leur descente, Perry tira un rayon de Beautinator sur le ballon de Dr Doofenshmirtz. Le ballon se gonfla en forme de cœur géant,

sur lequel on pouvait lire : J'adore la bonté.

Dr D. était mort de honte à l'idée d'être vu sur un ballon affichant un slogan aussi fleur bleue.

– Sois maudit, Perry l'ornithorynque ! hurla-t-il.

Une fois de plus, Perry avait sauvé le monde des griffes du savant diabolique, tout en embellissant les choses au passage.

À la fin de la journée, Mme Flynn-Fletcher ferma son stand de thé et retourna chez elle. Dans le jardin, elle trouva Phinéas et Ferb couchés sur la pelouse.

– Coucou, je suis rentrée. Oh, je vois que vous appréciez toujours votre journée à ne rien faire, dit-elle.

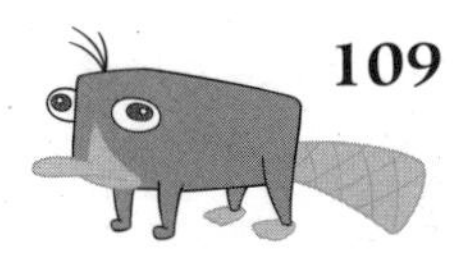

– Oui, maman, confirma Phinéas. C'était une merveilleuse journée de fainéantise. Ah ben, te voilà Perry ! dit-il en voyant son ornithorynque trotter vers lui, suivi de Vance.

Vance était toujours sous l'effet du rayon ralentisseur.

– Où... est-ce... que... je... suis ? demanda-t-il très lentement.

– Hé, mais c'est l'acteur de cinéma Vance Ward ! s'exclama Ferb, étonné. Il a l'air plus vif à l'écran.

Phinéas et Ferb se recouchèrent sur l'herbe. C'était vraiment la meilleure journée à ne rien faire de toute leur vie.

Au Festival, Jérémy et son groupe performaient encore. À la demande de la foule qui n'arrêtait pas d'applaudir, ils rejouèrent un morceau.

Candice était toujours sur la scène. Après l'écrasement du toboggan aquatique, elle et Stacy avaient assisté au concert aux premières loges. Jérémy se tourna vers Candice et lui sourit. Elle lui rendit son sourire, puis elle chanta avec lui.

Candice et Jérémy chantèrent le dernier couplet en duo.
– C'est le plus beau jour de ma vie ! cria-t-elle, heureuse.
Elle et Jérémy étaient enfin réunis – ne serait-ce que le temps d'une chanson.